İtaatkâr Fotoğrafçı

Erika Sanders

1

Hakimiyet ve erotik boyun eğme

özet

Julia, fotoğraflarıyla insanların hayatındaki önemli anları ölümsüzleştirmeyi seven profesyonel bir fotoğrafçıdır .

Stüdyosunda bir ailenin çektiği son fotoğrafları sergilerken, binaya yeni bir müşteri girer.

Çok iyi konumlanmış ve ünlü bir yönetici olan bu müşterinin Julia için alışılmadık bir görevi vardır: yetişkin sahnelerini fotoğraflamak.

Julia bu görevi kabul etme konusunda isteksizdir, ancak yöneticinin teklifi çok lezizdir...

İtaatkâr Fotoğrafçı güçlü bir BDSM erotik içeriğine sahip bir roman ve buna karşılık, yüksek romantik ve erotik BDSM içeriğine sahip bir roman serisi olan Erotic Domination koleksiyonuna ait yeni bir roman.

(Tüm karakterler 18 yaşında veya daha büyüktür)

Yazar hakkında not:

Erika Sanders, uluslararası üne sahip, yirmiden fazla dile çevrilmiş, en erotik yazılarını her zamanki nesirinden uzak, kızlık soyadıyla imzalayan bir yazardır.

dizin

İTAATKÂR FOTOĞRAFÇI
ERIKA SANDERS

BİRİNCİ BÖLÜM
İş teklifi

BÖLÜM 1

Julia küçük fotoğraf stüdyosunun karanlık odasında oturmuş fotoğraf görüntüleri geliştiriyordu.

Fotoğrafçılık her zaman onun tutkusu olmuştu ve bunu kariyeri haline getirdi.

Otuz yaşındaki kız, görüntüler tamamlanırken dikkatle izledi.

Kurumaları için onları astı ve sevgi dolu bir aile için yaptıkları çalışmalara hayran olmak için bir dakika ayırdı.

Julia, ön kapı açıldıktan sonra zilin çaldığını duyunca işini durdurdu.

Resepsiyona gitti ve kırklı yaşlarında, çok şık bir ofiste çalışan biri gibi giyinmiş bir kadın yönetici gördü.

"İyi günler," dedi Julia sıcak bir gülümsemeyle. "Fotoğraf stüdyoma hoş geldiniz. Benim adım Julia. Size nasıl yardımcı olabilirim?"

Profesyonel kadın gülümsedi.

"Merhaba Julia. Benim adım Catherine."

Julia tezgahın arkasında dururken el sıkıştılar.

"Tanıştığıma memnun oldum Catherine. Bugün senin için yapabileceğim bir şey var mı? Özel bir şey mi arıyorsun?"

"Aslında öyle. İşini seviyorum. Bence portre çekmede ve özel anları yakalamada harikasın."

Julia kızardı.

"Teşekkürler. Bir tavsiye üzerine mi buradasın?"

"Aslında araştırın. Web sitenizdeki resimlerin harika olduğunu düşünüyorum. Çok yetenekli bir kadınsınız."

"Elimden gelenin en iyisini yapıyorum".

"Peki bu süreç nasıl işliyor?" diye sordu. "İnsanlar sizinle iletişime geçip ne istediklerini söylüyor ve sonra siz onların fotoğraflarını mı çekiyorsunuz? Açıkçası ben bu işte yeniyim."

"Genellikle böyle olur. Bazen insanlar portrelerini çektirmek için stüdyoma gelirler, bazen de evlerine gelmem için beni tutarlar."

"Genellikle ne tür fotoğraflar çekersin?"

"Değişir," diye yanıtladı Julia. "Dışarı çıkmam gerekirse genellikle düğün, tören, mezuniyet gibi şeyler için çıkıyorum. Stüdyomda genellikle aile portreleri çekiyorum."

"Sana kişisel bir soru sormamın sakıncası var mı?"

"İleri."

"Bunu yaparak çok para kazanıyor musun?"

"Onurlu bir yaşam."

Catherine ciddi bir ses tonuyla, "Julia, vaktini boşa harcamayacağım," dedi. "Bir dizi fotoğraf çekimi için bir fotoğrafçı kiralamak istiyorum. İyi para ödeyeceğim ve tam bir takdir yetkisine ihtiyacım olacak. Tüm resimler yetişkinlere yönelik olacak."

Julia kendinden emin bir şekilde, "Bu bir sorun olmamalı," diye yanıtladı. "Daha önce pek çok çıplak çalışma yaptım. Bu tür şeylerde rahatım."

"Bu konuda ne tür deneyimleriniz var?"

"Üniversitede birkaç çıplak resim dersim vardı. Fotoğrafçılık bölümümde kadınlar için şehvetli çıplak portreler çekiyordum. Bu oldukça yaygın bir istek. Böyle bir şey istediğini farz ediyorum."

Catherine gülümsedi.

"Pek sayılmaz. Yaptığım şey biraz daha erotizm içeriyor."

"Pornografik mi?" Julia ihtiyatla sordu.

"Bir şeylere etiket yapıştırmaktan hoşlanan biri değilim. İnsan cinselliğinin sınırlarını çok özel bir şekilde keşfediyorum. Özel arkadaşlarım var ve eşsiz becerilerinizle bazı seanslarımızı belgelemenizi istiyorum. bir fotoğrafçı".

Julia biraz şaşırmıştı.

"Yapamam. Üzgünüm. Alınma ama muhtemelen o ortamda işimi en iyi şekilde yapamadım."

Catherine çantasına uzandı ve masanın üzerine bir kartvizit koydu.

"Zaman ayırdığınız için teşekkürler," diye yanıtladı Catherine kibarca. "Bir sanatçı olarak, insan vücudunu içeren her türlü sanata açık fikirli olmanızı umuyordum. Ne yaptığımı merak ediyorsanız, beni arayın. Yine de sonunda birlikte çalışabileceğimizi umuyorum. İyi eğlenceler. gün."

"Sen de. Geldiğin için teşekkürler. Sana yardım edemediğim için özür dilerim."

"Özür dileme. Bu herkesin harcı değil. Kartımın arkasına hizmetlerine ödeyeceğim tutarı yazdım. Bir düşün."

Bunu söyleyen Catherine döndü ve küçük çalışma odasından çıktı.

, Julia'nın kendi fotoğrafçılık işine başladığından beri aldığı en sıra dışı teklif olmuştu .

Daha önce hiç açıkça cinsel bir şey için talep edilmemişti.

Kartı aldı ve baktı.

Catherine'in şehirdeki büyük bir yatırım bankasında üst düzey bir pozisyona sahip olması onu şaşırtmıştı.

Julia kartı çevirdi ve Catherine'in ödemeye razı olduğu bedeli gördü ve şaşırdı.

BÖLÜM 2

Daha sonra o geceyi düşündü.

Bir yanı Catherine'den uzak durmak istese de, yatmadan önce Julia'nın aklında hâlâ merak vardı.

Attığı çöp kutusuna gitti ve küçük bir top haline getirdiği Catherine'in kartvizitini çıkardı.

Açtı ve bir kez daha baktı.

Daha sonra hızlı bir inceleme için bilgisayarına gitti.

Kısa bir aramanın ardından Julia, Catherine'in LinkedIn sayfasını buldu.

Catherine, büyük bir yatırım bankasında yüksek bir konuma sahip deneyimli bir iş kadını yöneticiydi.

Catherine'in üst düzeyde sahip olduğu deneyim miktarı Julia için şaşırtıcıydı.

Julia, aramasına çevrimiçi olarak devam etti ve Catherine'in herkese açık olan Facebook sayfasını buldu.

İş kadınının kişisel fotoğraflarına baktı.

Catherine güzel, zarif, sofistike ve hükmedici bir auraya sahipti.

Julia, onun gibi bir kadının müstehcen fotoğraflar çekmekle neden ilgilendiğini merak etti.

Ama belli ki herkesin kendi sırları var, diye düşündü Julia.

Entrika, Julia'nın fikrini değiştirmesi için yeterliydi.

Sonuçta, bu görüntüler ne kadar keyifsiz olabilir?

Elbette zevkli olmaları gerekiyordu.

E-postasını açtı ve Catherine'e bir mesaj yazdı:

Merhaba Catherine

Umarım eğleniyorsundur. Ben fotoğraf stüdyosundan Julia. Teklifinizi çok düşündüm ve hala benimle çalışmakla ilgileniyorsanız, bu konudaki tutumumu yeniden gözden geçirebilirim. Ama önce birkaç sorum var. Telefonda konuşabileceğimiz uygun bir zaman var mı? Yoksa e-posta yoluyla iletişim kurmaya devam etmek ister misiniz? Bana bildirin.

Kendine dikkat et,

Julia"

Saate baktı ve gece on bir yirmi beşi gösteriyordu.

Julia bilgisayarını kapattı ve kartvizite bir kez daha baktı.

Kağıdı çevirdi ve Catherine'in el yazısıyla yazdığı nota baktı: Saati beş yüz dolar.

Yatağa gittiğinde daha da meraklanmıştı.

BÖLÜM 3

Ertesi sabah Julia için tipik bir sabahtı.

Küçük stüdyosunda herhangi bir ipucu veya müşteri olmadığında, zamanını karanlık odada daha fazla fotoğraf çekerek geçirirdi.

Sıkıcı bir işti ama hoşuna gidiyordu.

İşi bittiğinde karanlık odadan çıktı ve masasının üzerindeki dizüstü bilgisayarına baktı.

Birkaç yeni e-posta vardı.

Julia'nın gözleri , çoğu işle ilgili olan mesaj listesinde gezindi.

Anında dikkatini çeken, Catherine'in e-posta yanıtıydı.

Açtı:

Julia

Teklifimi tekrar düşünmene sevindim. Bunu tartışmak için yüz yüze görüşmemiz en iyisi. Cuma günü sabah sekizde ofisime gel. Size resepsiyon için bir randevu vereceğim ve sekreterim sizi içeri almasına izin verecek.

Katerina"

Julia'nın ilgisini bir kez daha çekmeye fazlasıyla yetmişti .

Catherine'in kartvizitinde şehir merkezindeki ofisinin adresini bulmak için çantasına uzandı.

İnternete girdi ve Cuma sabahı için programını boş tuttuğundan emin olarak evinden yol tarifine baktı.

İKİNCİ BÖLÜM
Esaret odası

21

BÖLÜM 4

Julia, büyük binaya çıkan asansörde gergin bir şekilde duruyordu.

Kurumsal bir ortama uygun görünmesi için iş eteği ile düğmeli bir gömlek giymişti.

Asansör nihayet kata ulaştığında, Julia çekinerek Catherine'in garip bölgedeki ofisini aradı.

Onu bulduğunda, ofise girmesine izin veren genç bir sekretere yaklaştı.

İçeri girerken sessizce yutkundu ve o sırada her ne ise, Catherine'in ofis işine az önce ara verdiğini fark etti.

Catherine masasının arkasından kibarca, "Lütfen oturun," dedi. "Olası bir ilişki hakkındaki fikrini değiştirdiğine sevindim."

Julia oturdu ve rahatladı.

"Şey, bunun hakkında düşündüm ve muhtemelen zevkli bir şey olduğunu fark ettim."

İş kadını şaka yollu "Ofisime bak. Tabii ki yaptığım her şey zevkli" dedi.

"Bunu kesinlikle görebiliyorum."

"Ve eminim ki teklif ettiğim para seni ikna etmiştir, bu doğru mu?"

Julia kızardı.

"Bu onun bir parçası ."

"Güzel," diye onayladı Catherine. "Dürüstlüğünü takdir ediyorum. Daha fazla para istemekte utanılacak bir şey yok."

"Para her zaman iyidir. Tam olarak zengin değilim. Ama her şeyden çok fotoğraf sanatını seviyorum. İnsanların ömür boyu sürecek fotoğraflarını çekmeyi seviyorum. Gerçekten ilginç birine benziyorsun ve hikayeni benimle anlatıyörsun." fotoğraflar, kaçıramayacağım bir fırsattı."

Catherine, "İş için doğru kadını seçtiğimi biliyordum," diye gülümsedi.

"Ne istediğine dair bana bir fikir verebilir misin? Konu göz önüne alındığında ihtiyatlı olma ihtiyacını anlıyorum. Ama bu noktada, kendimi neyin içine soktuğumu bilmek istiyorum."

Esaret ve BDSM yaşam tarzına aşina mısın ?"

Julia şaşırmıştı.

"Evet benim."

"Onun hakkında bana ne söyleyebilirsin?"

Julia bir an düşündü.

"Pek değil. Ben sadece televizyonda gördüğüm klişe şeyleri bilirim. Bilirsin, kırbaçlar, zincirler, deri. O tür şeyler."

Catherine, "Bu, fetişin yalnızca küçük bir yönü," diye açıkladı. "Gerçek BDSM hakimiyet ve boyun eğmeyle ilgilidir. Bu, gücü kaybetmek ve kendinizi tamamen başka bir kişiye vermekle ilgilidir. Elbette güvenli ve rızaya dayalı bir şekilde. Kırbaçlar ve zincirler yalnızca belirli bir hedefe ulaşmak için kullanılan araçlardır. "

"O bir metres falan mı?" Julia çekingen bir tonda sordu.

"Etiketlerden hoşlanmıyorum. Ama sanırım bu tanıma uyabilirim. Bu seni rahatsız ediyor mu?"

"Hiç de değil. Hımm, bence kadınların güçlenmesi harika bir şey."

"Ben de," diye onayladı Catherine. "Ve özel odama geldiğinizde ciddi bir kadın güçlenmesi göreceksiniz. Yardımcılarımın çoğu günlük hayatlarında güçlü işadamları. Özelde bana diz çöktürmek için can atıyorlar."

"Peki sen?"

"Ben ne?"

"Sen de gönderiyor musun?" diye sordu.

Catherine gülümsedi.

"Tabii ki seviyorum. Her saniyesini sevmeseydim bunu yapmazdım."

"Bu nasıl iş? Yani, seni ziyarete mi geliyorlar? Ne olmuş yani? Onlara vuruyor musun falan?"

"Çatı katımda özel bir esaret odam var," diye yanıtladı Catherine. "Kurumsal dünyadan farklı itaatkarlarla tanışıyorum. Bu özel bir şey. Genellikle hafta sonları. Sadece bir saatliğine."

"Neden bir saat?" diye sordu.

"Bence mükemmel bir süre. Çok uzun sürerse, işler kötü bir şekilde canını yakmaya başlar. Çok kısa olsaydı, işleri yoluna koymak için yeterli ön sevişme olmazdı. Bir saat inanılmaz bir doruğa ulaşmak için mükemmel bir süre."

"Kulağa kışkırtıcı geliyor."

"Görene kadar bekle," dedi Catherine. "Altın bir maske takıyorum. Sanki ikinci kişiliğim var. Maskeyi taktığımda farklı bir insan oluyorum. İnsanlar ofiste bir orospu olduğumu düşünürlerse, benimle esaret odama gelene kadar bekle. "maske ve elimde bir kırbaçla. Tamamen başka bir şeye dönüşüyorum."

Julia, Catherine'den etkilendi.

Kişisel kısıtlamalarla dizginlenmemiş yeni bir cinsel özgürlük dünyasıydı.

Bu onu bir bakıma itti ama aynı zamanda tamamen büyüleyiciydi.

Onu görmek ve kameraya çekmek için sabırsızlanıyordum.

"Tüm deneyimi fotoğraflamamı istiyorsun, değil mi?" Julia netleştirmek için sordu.

"Yüzler dışında her şeyin fotoğrafını çekmeni istiyorum. Kıçım çoğunlukla varlıklı kişiler olduğu için sağduyu son derece önemlidir. Kim olduklarını bilmene izin verilmeyecek. Her zaman maskeli olacaklar."

Julia'nın parmakları seğirdi.

"Dürüst olacağım. Bunların hepsi bana garip geliyor. Daha önce hiç böyle bir şeyin parçası olmam istenmedi . Bunları videoda bile görmedim, bu da görmediğim anlamına gelmez. porno gördüm. Hepsi benim için çok yeni."

"Öyleyse seni kıskanıyorum," diye yanıtladı Catherine.

"Gerçekten neden?"

"Çünkü bunu ilk kez bakir gözlerle keşfedeceksin."

"Kesinlikle böyle olacak," diye yanıtladı Julia.

"Söyle bana, seks hayatından memnun musun?"

"Ne demek istiyorsun?"

"Cinsel olarak tatmin oldun mu?" Catherine açıkça sordu. "İstediğin gibi boşalıyor musun? Daha iyi orgazm olmak ister miydin ? Birinin seni tüm vücudunla ve ruhuyla sikmesini ister miydin ?"

Julia, saygın iş kadınının soru dizisine şaşırdı.

"Seks hayatım daha iyi olabilirdi" diye itiraf etti. "Bekarım. Uzun zamandır biriyle çıkmadım. Kendi işimi yürütmenin kişisel bedeli bu."

"Demek muhtemelen çok fazla mastürbasyon yapıyorsun."

"Az çok."

Catherine bir kalem ve not defteri aldı ve yazmaya başladı.

İşi bittiğinde notu Julia'ya uzattı.

, "Bu benim dairemin adresi," dedi. "Bir sonraki seans Cumartesi gece saat onda. Geç kalmayın. Tüm saat için size beş yüz dolar ödenecek. Yüzler veya birini teşhis etmek için kullanılabilecek herhangi bir şey dışında istediğiniz her şeyin fotoğrafını çekin." ... görseller sadece bana ait olacak. Bu yüzden lütfen herhangi bir yere koymayın. Ofisimden çıktığınızda sekreterimin bir sözleşmesi ve gizlilik formları imzalamanız için hazır olacak. Şimdilik bu kadar."

Julia ayağa kalktı.

"Teşekkürler. Cumartesi günkü görüşmemizi sabırsızlıkla bekliyorum."

Catherine de ayağa kalktı ve iki kadın resmi olmayan bir şekilde anlaşmayı bitirmek için el sıkıştı.

"Bir şey daha, gelirken güzel bir elbise giy. İyi görünmeni istiyorum."

Julia'nın yüzündeki ifade değişti.

O anda, kendisini neyin içine soktuğunun farkına varmıştı.

BÖLÜM 5

Formları ve anlaşmaları imzalamak için sekreterle görüştükten sonra, Julia biraz temiz hava almak için şirket binasından aceleyle çıktı.

Zihni duyguların bir karışımıydı.

Merak ettim ama gergindim.

Merak etmiştim ama isteksizdim.

Bütün bunların başında olduğunu anladı ama artık geri dönmek için çok geçti.

O zaten sözünü vermişti, sözleşmeleri imzalamıştı ve geri dönüşü yoktu.

Şehir merkezindeki cadde kalabalıktı ve o tamamen gergin bir şekilde ayakta dururken şirket çalışanlarının gidecekleri yere yürümelerini izledi.

Julia açık havada küçük bir kafeterya gördü ve kuyruğa katılmak için oraya gitti.

İçmek için sert bir şeye çaresizce ihtiyacı vardı.

Julia sıraya girdiği anda, arkadan onu çağıran bir ses duydu.

Arkasını döndüğünde, Catherine'in özel sekreterinin ona gülümseyerek yaklaştığını gördü.

Sekreter şaşırtıcı derecede gençti, yirmili yaşlarındaydı ve çok güzeldi.

"Bir şey imzalamayı mı unuttum?" Sekreter yaklaşırken Julia sordu.

"Hayır. Bunların hepsi zaten yapıldı. Tatildeyim ve seninle konuşmak istiyordum."

"AA neden?"

"Seni ne için tuttuklarını biliyorum," dedi. "Belgeleri imzaladığınızda, sanki hayatınız üzerine bir sözleşme imzalıyormuşsunuz gibi korkmuş görünüyordunuz."

"Böyle hissettiğim için beni suçlayabilir misin?"

Sekreter gülümsedi.

"Bu normal bir duygu. Neler yaşadığını çok iyi biliyorum."

"Biliyorsun?" diye sordu.

"Evet. Diyelim ki Catherine'in sekreteri olarak işimi bulmak için kapsamlı bir görüşme sürecinden geçtim."

Julia'nın bağlantıyı kurması uzun sürmedi.

Güzel genç sekreterin Catherine'e cinsel açıdan itaatkar olduğunu hemen anladı.

Julia şaşırmamak için elinden geleni yaptı.

"Yani, sen ve Catherine?" Julia müstehcen ve merakla sordu.

Sekreter gururla başını salladı.

"Birinci sınıf bir kurumsal kadın için çalışacak niteliklere sahip olmadığımı bilerek işe başvurdum . Ama kaybedecek hiçbir şeyim olmadığını düşündüm. Benimle bizzat görüştü. Görünüşümü beğendiğini anlamıştım. Hem de ben farkına varmadan önce. , Yaptığın aynı belgelerden çok şey imzaladım. Sonra beni kendi özel macera dünyasına soktu."

"Bunu bana neden söylüyorsun? Kaba görünmek istemem ama paylaşılması gereken bilgi tam olarak bu değil."

"Bir arkadaşa ihtiyacın var gibi. Gergin olmanı istemiyorum."

"Teşekkür ederim," diye yanıtladı Julia. "Ancak şimdiden gerginim. Büyük bir hata yapmışım gibi hissetmekten kendimi alamıyorum. Böyle bir fetişi kaldırabileceğimden emin değilim."

"Onunla ilişkiye başladığımda ben de aynı şeyi düşündüm. Esaret odasını ilk gördüğümde çok korkmuştum. İşleme başladığımızda ellerim titriyordu. Ama artık onsuz yapamam."

"Fikrini değiştirmene ne sebep oldu?" diye sordu.

"Zevk."

BÖLÜM 6

Cumartesi gecesi.

Julia çantasında fotoğraf makinesiyle daireye gitti ve bu olay için özel olarak aldığı sarı bir elbise giymişti.

Gece saat dokuzdu.

Asansöre bindiğinde randevudan bir saat önce geldi.

Dakik olmak işin bir parçasıydı.

Daireye vardığında Julia, Catherine'in dairesine yürüdü ve aradı.

Catherine'in ipek bir bornoz içinde yalınayak kapıyı açması için fazla beklemesi gerekmedi .

Mükemmel makyajı gibi Catherine'in saçı da iyi şekillendirilmişti.

"Erkencisin," diye gülümsedi Catherine.

"Her zaman erken gelmeyi severim. Sorun olur mu? Her zaman biraz sonra gelebilirim..."

"Hayır, hayır, sorun değil. İçeri gelin. Erken gelmenize sevindim. Bu bize biraz daha konuşma şansı verir."

Julia daireye girdi ve her şeye hayret etti.

"Güzel bir yer," dedi Julia hayranlıkla. "Bu harika. Şehirde hiç böyle bir şey görmedim."

"Bu gece daha önce görmediğin birçok şey olacak."

"Haklı olduğuna eminim. Esaret odanı görebilir miyim? Hemen şimdi birkaç fotoğrafını çekmeyi çok isterim."

"Henüz değil," diye yanıtladı Catherine. "Her şey başladığında fotoğraf çekmeni istiyorum, daha önce değil."

"Kuyu."

"Biraz korktun mu?"

Julia bir an düşündü.

"Biraz. Ama iyi olacağım. Yine de kesinlikle merak ediyorum. Hiç böyle bir şeyin parçası olmadım."

"Sen bundan zevk alacak türden bir kadınsın. Bunu hissedebiliyorum."

"Sana bunu ne söyletiyor?"

"Bunu uzun zamandır yapıyorum," diye yanıtladı Catherine. "Sadece onlara bakarak insanların cinsel alışkanlıkları hakkında çok şey söyleyebilirim. Bu geceden sonra geri gelmek için can atacağınıza eminim. Bağlanacaksınız. Bana güvenin."

Julia aniden Catherine'in varsayımından rahatsız oldu.

Profesyonel ve ciddi kalmaya çalıştı.

"Peki, bu geceki konuğun hakkında bana ne söyleyebilirsin?" Julia konuyu değiştirerek sordu.

"Zengin biri. Benim eski bir arkadaşım. Genelde ondan iş tavsiyesi alırım ama cinsel olarak emirlerini benden alır. Yüzünü görmezsin ve kimliğini bilmezsin."

"Ne zaman gelecek?"

"Burada," diye gülümsedi Catherine.

"O...?"

Catherine koridoru işaret etti.

"Ana odamda. Bir göz atmak ister misin?"

Her iki kadın da lüks dairenin koridorunda yürüdüler.

Julia'nın nabzı sanki kardiyo egzersizi yapıyormuş gibi hızlandı.

Catherine ana yatak odasının kapısını açtığında kalbi hızla atıyordu.

"İşte burada," dedi Catherine.

Julia yatakta oturan, üzerinde sadece iç çamaşırı olan orta yaşlı bir adam görünce neredeyse şaşırmıştı.

Yüzü ve başı siyah deri bir maske ile örtülmüştü.

Görebilmesi ve konuşabilmesi için üzerinde delikler vardı.

Doğrudan Julia'ya baktı.

Vücudu yaşını yansıtıyordu ve figürü pürüzsüz ve tombuldu.

Elleri bir iple birbirine bağlanmıştı.

"Ne düşünüyorsun?" Catherine sınırda şeytani bir gülümsemeyle sordu.

"Ne düşüneceğimi bilmiyorum".

"Peki, ona yapacaklarımdan korkuyor musun? Bu seni herhangi bir şekilde tahrik ediyor mu? Bu konuda bir fikrin olmalı."

"Kesinlikle çok kışkırtıcı bir görüntü."

Catherine gülümsedi.

"Bunun kışkırtıcı olduğunu düşünüyorsanız, gösteri başlayana kadar bekleyin. Yine de henüz zamanı gelmedi."

Yatak odasının kapısını kapattı ve koridorda durdular.

"Bu arada," dedi Catherine, fotoğrafçının vücuduna bakarak. "Sana bu gece güzel bir elbise giymeni söylediğimi sanıyordum."

Julia ucuz sarı elbisesine kısaca baktı.

"Üzgünüm. Bulabildiğimin en iyisi buydu."

"Yeterince iyi değil. Beni takip et."

İki kadın koridorun sonundaki farklı bir odaya yöneldiler.

Ana oda kadar etkileyici olan bir misafir odasıydı.

Oda temizdi ve yatak yeni yapılmış gibiydi.

Catherine dolabı açtı ve çok çeşitli pahalı kıyafetleri kısaca aradı.

Aradığını bulunca yatağın üzerine fırlattı.

Siyah, zarif ve ince bir elbiseydi.

"Giy," dedi Catherine. "Bundan başka bir şey giymeni istemiyorum, ayakkabılarını bile."

"Sütyenim ve külotum ne olacak?"

" Hiçbiri. Bu bir sorun olur mu?"

Julia başını salladı.

"HAYIR."

"Güzel. Bu odada giyin. Çizmelerimi giyip bu bornozdan kurtulur kurtulmaz döneceğim."

"Kuyu."

"Bunun için hazır mısın?" diye sordu.

"Ben."

"Rahatsız görünüyorsun. Gergin olmak sorun değil. Ama devam etmek istemiyorsan sorun değil. Her zaman başka birini bulabilirim ve hatta bu gece için sana para öderim."

Julia kısa bir nefes aldı.

"Hayır. Bunu yapmak istiyorum. Elbisemi giyeceğim ve sen hazır olduğunda hazır olacağım."

"Mükemmel," diye gülümsedi Catherine, uzaklaşmak için arkasını dönmeden önce.

Julia lüks konuk odasında yalnız kalmıştı.

Yatağın üzerinde duran siyah elbiseye baktı ve ne kadar değerli olduğunu merak etti.

Pahalı görünüyordu.

Kamerayı indirdi, ardından sarı elbisesini çıkarıp yatağın üzerine fırlattı.

Ayakkabılarını çıkardı.

Sonunda Catherine'in isteği üzerine sütyenini ve külotunu çıkardı ve odada çıplak bir şekilde durdu.

Aynadaki çıplak görüntüsüne baktı ve ne kadar normal göründüğünü fark etti.

Siyah elbiseyi alıp üzerine giydi ve aynada tekrar kendine baktı.

Bu sefer çok farklı görünüyordu.

Klas ve zarafet sahibi bir kadın gibi görünüyordu.

"Güzel," dedi Catherine'in sesi koridordan.

Julia izlendiğine şaşırmıştı ama ne kadar süredir izlendiğinden emin değildi.

Catherine'i siyah bir korse ve uzun siyah çizmeler içinde görünce gözleri fal taşı gibi açıldı .

Catherine'in görünüşü, her zamanki profesyonel kıyafetiyle taban tabana zıttı.

Ah, teşekkürler, diye yanıtladı Julia sessizce. "Sen de güzel görünüyorsun."

"Artık zamanı geldi. Özel odamı açtım. Koridorun sonunda. Kameranla beni orada bekle, özel konuğumuzu getireceğim. İstediğin gibi fotoğraf çekmekte özgürsün. Ben kazandım. İşinizi nasıl yapacağınız konusunda size talimat vermiyoruz. Bu size kalmış."

"Teşekkür ederim."

Catherine kenara çekilip Julia'ya esaret odasına tek başına gitme zamanının geldiğini işaret etti.

Julia yumuşak bir nefes aldı ve elinde büyük fotoğraf makinesiyle Catherine'in yanından geçip koridordan aşağı, açık odaya doğru yöneldi.

BÖLÜM 7

Kölelik odası büyüktü ve duvarlar siyah dolgu ile kaplıydı.

Çok iyi aydınlatılmış bir odaydı.

Julia'nın gözleri, sergilenen çeşitli cinsel öğeler ve aletler üzerinde gezindi.

Çok çeşitli dildolar, seks oyuncakları, zincirler ve kıskaçlar vardı.

Odada tek mobilya olan bir sandalye ve bir masa vardı.

Her seansın tam olarak bir saat sürmesini sağlamak için duvarda büyük bir saat vardı.

Julia, Catherine'in topuklarının yere basma sesini duyana kadar, yapması gereken belirli bir işi olduğunu hatırladı.

Geliyorlardı ve Julia fotoğraf çekmek için kamerasını hazırladı.

Julia'nın odaya girerken gördüğü ilk şey, kimliğini korumak için elleri hâlâ bağlı ve yüzü hâlâ örtülü olan orta yaşlı adamdı.

Julia onun bir fotoğrafını çekti.

Sonra Catherine odaya girdi.

Yüzünü kaplayan ama saçlarının serbestçe düşmesine izin veren parlak altın bir maske takmıştı.

Julia, maskenin on beşinci yüzyılda bir kraliyet ailesi için yaratılmış gibi göründüğünü düşündü.

Julia, Catherine'in adamı odaya götürüp kapıyı kapatışının fotoğraflarını çekti.

Bağlı adam diz çökmek zorunda kalınca Julia merakla izledi.

Catherine ona dizlerinin üzerine çökmesini ve sessiz kalmasını emretti.

Julia daha fazla fotoğraf çekti.

Catherine seks oyuncakları koleksiyonuna gitti ve ne istediğini aradı.

Sonunda uzun, ten rengi bir yapay peniste karar kıldı.

Ama henüz işi bitmemişti.

Yapay penisi bir kemere bağladı, sonra deri korsesinin üzerine geçirdi.

Julia daha fazla fotoğraf çekti.

"Bu akşam hazır mısın?" Catherine itaatkar adamına sordu.

"Mmm... Hmmm..." diye mırıldandı.

"İyi çocuk," dedi Catherine küçümseyen bir ses tonuyla. "Şimdi küçük kıçını masanın üzerine eğmek istiyorum."

Adam ayağa kalktı ve karnı masanın üzerinde ve bacakları açık bir şekilde masanın üzerine yerleşti.

Adam bunu daha önce birkaç kez yaptığını ve deneyim normal bir insana ne kadar fırtınalı ya da alçaltıcı görünse de her andan zevk aldığını gösterdi.

Catherine küçük tahta bir kürek aldı ve adamın poposuna hafifçe vurmaya başladı.

İlk başta, sanki onun iyiliğini önemsiyormuş gibi yumuşaktı.

Kürekle daha sert, sonra daha da sert vurmaya başladı.

Darbeler şiddetlendikçe adam ağzıyla mırıldanmaya başladı.

Julia onun için neredeyse üzülüyordu ama işini yaptı ve onun için fotoğraflar çekti.

"Beğendin mi küçük domuz?" dedi Catherine kürekle devam ederek.

"Mmm... Hmm..."

"Senin için başka bir şeyim var."

Catherine küreği bıraktı ve adamın ellerini ve ayak bileklerini masanın farklı köşelerine bağladı.

Yakalandı.

Tüm güveni tamamen Catherine'e bağlıydı.

Onun iradesine ve insafına kalmıştı.

Bir şişe madeni yağ aldı ve parmak ucuna büyük miktarda sürdü.

Julia, Catherine'in yağlanmış parmağının yakın plan fotoğraflarını çekti.

Julia daha sonra adamın anüsüne giren parmağın yakın plan fotoğraflarını çekti.

Catherine'in parmağı tarafından delinirken inledi.

Sonra iki parmağını soktu.

Sonra üç.

Julia adamın bundan zevk alıp almadığını merak etti.

Ama bu onu ilgilendirmezdi.

Julia'nın işi penetrasyonun fotoğrafını çekmekti ve o yaptı, kamera her şeyi kaydetti.

Julia'nın midesi, Catherine'in adamın arkasında durduğunu, beline bağlanmış büyük penisin doğrudan adamın uzanmış arkasını işaret ettiğini görünce neredeyse düşecekti.

Julia, masadaki çaresiz adam adına çığlık atmaya ve yalvarmaya hazırdı.

Onun adına bu çılgınlığı durdurmak istiyordu.

Ama yapmadı.

Bu onun rolü değildi.

Ağzı inanamayarak açıktı ve anal penetrasyonu kendi gözleriyle görebilmek için kamerayı kısaca indirdi.

Sarsıcı bir manzaraydı.

Kamerasını kaldırdı, doğrudan anal penetrasyona doğrulttu ve daha fazla fotoğraf çekti.

BÖLÜM 8

Pazartesi.

Sabahın erken saatleriydi ve Julia karanlık odasında Catherine için çektiği tüm fotoğrafları hazırlıyordu.

Toplamda iki yüzden fazla resim vardı.

İlk partiler hazırdı.

Görüntü kalitesi iyiydi ve kendi işine hayran kaldı.

Esaret odasını yakalama şeklinden Catherine'in mutlu olacağını biliyordu.

İtaatkâr adamın yakalanmasından Catherine'in de hoşlanacağını biliyordu .

Catherine'i kıyafeti içinde yakalayan görüntüler vardı ve altın maskenin yakın çekimleri vardı.

Julia çektiği film şeritlerinin geri kalanına kısaca baktı.

Adamın seks nesnesini emdiği, şaplak atıldığı ve ardından büyük kemer tarafından uzun süre sodomize edildiği görüntülere baktı.

Kalp atışları yükseldi.

Daha sonra, Catherine tarafından sallanan adamın görüntülerine baktı.

Bu, zemine büyük miktarda meni fırlatmıştı ve daha sonra diliyle temizlemesi emredildi.

Julia bacaklarının arasında bir yanma hissi hissetti.

Tıpkı Catherine'in esaret odasında olduğu gibi onun karanlık odasında da tahrik olmuştu.

Pantolonunun düğmelerini açtı ve sağ elini külotundan aşağı kaydırdı.

Filmin geliştirilmekte olduğunu, adamın dizlerinin üzerindeyken yapay penisi emmesini izledi ve kendisine cinsel olarak dokundu.

Her şeyi ilk gördüğünde hissettiği her şeyi hatırladı.

Onun tecavüze uğradığını ve Catherine'in ona mastürbasyon yaptığını gözünde canlandırdı.

Catherine'in göğüslerini emen adamı düşünerek kendine dokundu .

Adamın kendisine yaptığı sözlü aşağılayıcı yorumları ve içine düştüğü zor durumu düşündü.

Sonra Julia kendini adamın konumunda hayal etti.

Böyle aşağılayıcı bir pozisyonda yapay penis emmeye zorlanmaktan ve sodomize edilmekten hoşlanıp hoşlanmayacağını merak etti.

Karanlık odada orgazm olduğunda cevabın evet olduğunu anladı.

ÜÇÜNCÜ BÖLÜM
Altın maske ve siyah elbise

BÖLÜM 9

İki ay sonra Julia, Catherine'in ofisine gittiğinde yeni bir elbise giyiyordu.

Onu özel bir toplantıya davet etmişlerdi.

Tereddüt etmeden daireye vardığında sekreterle kısa bir görüşme yaptı ve Catherine'in ofisine girmesine izin verildi.

İki kadın birbirlerini kucaklayarak selamladılar ve ikisi de kendi koltuklarına oturdu, büyük masasının arkasında Catherine ve karşısında Julia oturuyordu.

Catherine, "Sahip olduğum en iyi çalışan olduğunu dürüstçe söyleyebilirim," dedi. "Yıllar boyunca benim için çalışan kalifiye insanların sayısı göz önüne alındığında, bunun bir anlamı var."

Julia'nın içini bir gurur duygusu kapladı.

"Teşekkürler. Elimden gelenin en iyisini yapıyorum."

"Beni işverenin olarak görmek hoşuna gidiyor mu? Gerçek bir orospu olmamla ilgili bir ünüm var ve bunu hak ediyorum."

Julia şakacı bir şekilde, "Senin bir orospu olduğunu düşünmüyorum," diye yanıtladı. "Bence sen güçlü bir kadınsın. Ve şimdiye kadar sahip olduğum en ilgi çekici işverensin. Her hafta harika. Onu seviyorum. Her zaman toplantılarımızı dört gözle bekliyorum."

"Eh, ne yazık ki artık hizmetlerinize ihtiyaç duyulmayacak," dedi Catherine kaba bir iş tonuyla. "Tüm denizaltılarımı fotoğraflayarak görevini tamamladın. Bence harika bir iş çıkardın . Çalışman beklentilerimin çok ötesine geçti."

Julia şaşırmıştı.

Catherine'in gizli seks hayatının tadını çıkarmayı, izlemeyi ve fotoğraflarını çekmeyi çok sevmişti.

Cumartesi geceleri dairesine gitmek, onun haftanın heyecanıydı.

Ve eve her geldiğinde özel olarak mastürbasyon yaptı.

Ayrıca her hafta Catherine'in arkadaşlığından hoşlanmaya başlamıştı.

"Pekala, çalışmamı beğenmene sevindim," diye yanıtladı Julia, mahvolmuş gibi görünmemeye çalışarak.

"Beğenen tek kişi ben değilim. Tüm erkek yardımcılarım, fotoğrafçılığınla harika bir iş çıkardığın konusunda hemfikir. Bunun için büyük bir ikramiye alacaksın. Ofisimden ayrıldığında sekreterim , sana içinde para olan bir zarf uzatıyorum".

"Çok naziksiniz."

Catherine gülümsedi.

"Sorun değil."

"Buna... devam edebilmemizin... bir yolu var mı?" Julia toplayabildiği tüm özgüvenle sordu. "Bir fotoğrafçı olarak, henüz keşfetmediğimiz ama keşfedebileceğimiz çok daha fazla şey olduğunu düşünüyorum."

Catherine tek kaşını kaldırdı.

"Gerçekten mi? Utangaç küçük fotoğrafçı benim için çalışmaya devam etmek istiyor. Bu ilginç."

"Eh, senin hobinle ilgileniyorum," diye itiraf etti Julia kendine rağmen. "Bu büyüleyici bir şey ve bence sanat yapmak açısından birlikte harika bir iş çıkardık."

Catherine bir an düşündü.

"Senin için başka bir şeyim olabilir. Garanti yok. Ama senin ulaşamayacağın bir şey olabilir."

Julia'nın dikkati birdenbire uyandı.

"Nedir?"

"Kölelik fetişi iş dünyasında sandığınızdan daha yaygın. Güçlü erkekler arasında çok popüler çünkü onlar rol değiştirmeyi seviyorlar. Her şeyin patronu olduktan sonra kontrolü baştan çıkarıcı kadınlara bırakmayı seviyorlar. " şimdiye kadar ilgilendin mi ?"

"Elbette."

"Harika. Katılıp katılamayacağınızı öğrenmek için etkinlik organizatörleriyle görüşeceğim."

"Etkinlik?" diye sordu.

"Evet, arada bir olan küçük bir olay. Temelde, zengin ve güçlülerin yetişkinler gibi gerçekten eğlendiği bir esaret partisi."

"Görmeyi çok isteyeceğim bir şeye benziyor."

Catherine gülümsedi.

"Hiçbir fikriniz yok. Çok pis ve kaba, herkes maskeli. Her şey tamamen gizli. Üstelik bu bir gelenek."

"Orada ne yapıyor olacağım?"

"Fotoğraf çek. Başka ne olabilir ki? Belki etkinlik organizatörleri hediyelik eşya falan için güzel fotoğraflar isterler."

"Bunu kesinlikle yapabilirim," diye yanıtladı Julia. "Dürüst olmak gerekirse, esaret seanslarınızın fotoğraflarını çekmeye başladığımdan beri, işte yaptığım diğer her şey kıyaslandığında oldukça sıkıcı görünüyor."

Catherine gülümsedi.

"Hoşuna gideceğini biliyordum. Sen o tür bir kızsın. Şimdi izin verirsen, birkaç dakika içinde bir randevum var."

"Ah, tabii. Zaman ayırdığınız için teşekkürler."

Julia ayağa kalktı ve ayrılmadan önce tokalaşmak için elini uzattı.

"Bir şey daha var," diye ekledi Catherine. "Diğer arkadaşlarım her zaman kurallara uygun oynamazlar. Bu yüzden benim için çalışmaya devam etmek istiyorsan emin olmalısın."

"Eminim."

Catherine başını salladı.

"Ben de öyle düşünmüştüm. İletişimi sürdüreceğiz. Yakında size geri döneceğiz."

BÖLÜM 10

Bir hafta sonra.

Salı sabahı erken saatlerdeydi.

Julia kapının bir dizi vuruşuyla uyandı.

Yataktan kalktı, aynada kısa bir süre kendine baktı ve kapıyı açtı.

Elinde küçük bir paket tutanın Catherine'in sekreteri olduğunu görünce şaşırdı.

"Günaydın," dedi sekreter parlak bir gülümsemeyle.

"Günaydın, içeri gelin."

Sekreter paketle birlikte küçük daireye girdi ve Julia kapıyı kapattı.

Sekreter, "Sizi bu kadar erken rahatsız ettiğim için kusura bakmayın," dedi. "Günün geri kalanında meşgulüm, bu yüzden sahip olduğum tek zaman buydu."

"Endişelenme. Kahve ya da içecek bir şey ister misin?" diye sordu.

"Ben iyiyim, çok teşekkür ederim."

"Peki, bu sabah seni buraya getiren nedir?"

Sekreter, "Catherine etkinliği düzenleyenlerle temasa geçti," diye yanıtladı. "Herkes işinizi seviyor ve fotoğraflarınızın hoş karşılanacağını düşünüyor."

"Bu harika bir haber. Katılmak isterim."

"Ancak bir şartım var."

"Nedir?" diye sordu.

"Kölelik etkinliği özeldir ve hiçbir yabancının içeri girmesine izin vermezler. Bu nedenle, orada fotoğraf çekebilmek için önce bir inisiyasyona ihtiyacınız olacak."

Haber, Julia'yı herhangi bir fincan kahveden daha güçlü bir şekilde uyandırdı.

"Ne demek istiyorsun?"

"Yeni üyeler için bir kabul süreci var. Bana bunun başka yolu olmadığı söylendi. Catherine için çalışmaya devam etmek istiyorsan, buna mecbursun."

"Peki, bu inisiyasyon neyi gerektiriyor? Aşırı bir şey mi?"

Sekreter, "Her seferinde değişir," diye yanıtladı. "Birkaç yıl önce inisiye oldum ve oldukça sessizdi. Ama diğer insanlar için vay canına. Keşke onlar olsaydı."

Julia aniden aklının döndüğünü hissetti.

İşi her şeyden çok istiyordu ve reddederek Catherine'i hayal kırıklığına uğratmak istemiyordu.

Julia, "Catherine'e benim yapacağımı söyle," dedi.

Sekreter gülümsedi ve paketi yakındaki bir masaya koydu.

"İlgileneceğini biliyordu. Bu senin için."

"Nedir?"

"Aç ve göreceksin."

Julia paketin kapağını kaldırdığında ince siyah bir bez üzerinde altın renkli bir maske gördü.

Maske zarifti ve Catherine'in her esaret seansında taktığına benziyordu.

"Bu ne için?" diye sordu Julia, incelemek için maskeyi alırken.

"Onu etkinlikte takman gerekecek. Catherine'inkiyle aynı türden, bu da insanların senin onun konuğu ve itaatkârı olduğunu anlamasını sağlayacak."

Julia ona bakmaya devam etti.

"Bu güzel bir maske."

"Kesinlikle öyle. Paketin içinde bir de kıyafet var. Onu giymek zorundasın. Topuklardan başka bir şey yok."

Julia ince siyah bezi paketten çıkardı.

Tamamen şeffaftı.

"Altına başka bir şey giymeme izin verilmiyor mu?" diye sordu.

"Hayır, hiçbir şey. Etkinlik Cumartesi akşamı saat yedide başlıyor. Altıda bir sürücü seni almaya gelecek, bu yüzden hazırlıklı ol. Arabaya yürürken vücudunu örtmek için bir palto giymene izin veriliyor ama etkinliğe gelene kadar bir kez çıkarınız.Maskenizi ve kameranızı getirmeyi unutmayınız."

"Size kişisel bir soru sorabilir miyim?"

"Tabii," diye yanıtladı sekreter.

"Bunun üstesinden gelebileceğimi düşünüyor musun? Yani, sence, etkinlikte olacakları kaldırabileceğimi düşünüyor musun?"

Sekreter gülümsedi.

Bunu öğrenmenin tek bir yolu var."

BÖLÜM 11

Cumartesi gecesi.

Asansör kapısı açıldı ve Julia hızla apartmanının koridorunda yürüdü.

Yüksek topuklu ayakkabılar ve büyük bir ceket giymişti.

Altına şeffaf siyah bir elbise giymişti, başka bir şey yoktu.

İçinde altın maske olan paketi ve kamerasını içeren başka bir kutuyu tutuyordu.

Kimse onu görmesin diye olabildiğince hızlı yürüdü.

Siyah bir araba şoförü kapıyı açık tutarak onu bekliyordu.

Arabaya bindiğinde, arka koltukta oturan Catherine'i gördü.

Julia yerine oturduğunda, sürücü kapıyı kapattı ve gideceği yere doğru yöneldi.

Catherine, "Bu kıyafetin içinde şirin görünüyorsun," dedi. "Seni normalde giydiğinden biraz daha seksi bir şeyle görmek güzel."

"Teşekkürler. Sen de harika görünüyorsun."

Julia'nın gözleri Catherine'in çok daha çıplak olan vücudunda gezindi.

Catherine arabada sadece ince siyah bir elbiseyle oturmaktan utanmıyordu.

Vücudundaki her kıvrım tamamen görülebiliyordu ve ince kumaştan büyük kahverengi göğüs uçları görülebiliyordu.

"Biraz gergin görünüyorsun," diye belirtti Catherine.

"Aşağı yukarı. Tüm bu süreç benim için oldukça korkutucu. Geçmem gereken bir kabul töreni olduğunu duydum."

Catherine gülümsedi.

"Doğru şeyi duydun."

"En azından ne olacağına dair bana bir fikir verebilir misin?" Julia utanarak sordu.

"Korkarım yok tatlım. Ama merak etme. Emin ellerdesin."

"Umarım öyledir. Tanrım, bu biraz korkutucu."

"O zaman neden buradasın?" Catherine açıkça sordu. "Gerçek sebep ne? Mesleki meraktan daha fazlası olmalı. Kabul et, sen gizli bir fahişesin."

"Ben fahişe değilim."

"O zaman belki de şoförden bu arabayı çevirip senin dairene götürmesini istemeliyim."

"Bekle," diye yanıtladı Julia hemen. "Yaptığın şeyi sevdiğim için buradayım. Bence bu heyecan verici. Seni izlemeye devam etmek istiyorum."

dar deliklerinin içinde sana strapon takmaya zorlanmayı düşündün mü ?"

"Evet ediyorum."

Catherine'in yüzünde yaramaz bir gülümseme belirdi.

"Elbette. Stüdyona girdiğim günden beri boyun eğme potansiyeline sahip olduğunu biliyordum. En büyük fahişeleri yapanlar genellikle sessiz kızlardır."

"Ben fahişe değilim."

"İnsiye töreni bununla ilgilenmeli. Unutma, kimse seni burada olmaya zorlamadı. İstediğin zaman gidebilirsin."

Julia'nın omurgasından aşağı bir korku ve heyecan ürperdi.

Catherine'in ne demek istediğini merak etti ama Catherine hafifçe gülümseyerek başını çevirdi ve arabanın camından dışarı baktı.

DÖRDÜNCÜ BÖLÜM
Acı ve zevk

53

BÖLÜM 12

Güvenlik kapıları açıldı ve arabanın büyük mülke girmesine izin verildi.

Araba bir malikanenin önünde durdu ve iki kadın oradan indi.

Catherine, "Maskelerimizi burada takıyoruz," dedi. "Ve paltonu çıkar. O güzel vücudunu göstermenin zamanı geldi."

Julia montunu çıkarıp arabaya attı.

Hafif bir rüzgar esintisi ona ne kadar savunmasız olduğunu hatırlattı.

Bacaklarının arasındaki boşluğun soğuk havayla karıncalandığını hissetti.

Pembe meme uçları ikinci bir esintiden dolayı sertleşti.

Julia kadınlığını örtmek için zayıf bir girişimle bacaklarını sıkıca kapattı.

Her iki kadın da altın maskelerini taktı.

Julia arabaya uzandı ve kamerasını aldı.

Kapıları kapattılar ve araba uzaklaştı.

Konağın girişi iki sağlam adam tarafından korunuyordu.

Onlar da maske taktılar ve iki kadın yanlarına yaklaşırken sessiz kaldılar .

Maskeli güvenlik görevlilerinden biri, "Parola lütfen," diye sordu.

"Havlu," diye yanıtladı Catherine.

"Devam edebilirsiniz hanımlar."

Muhafız kapıyı açtı ve konağa girdiler.

Julia binanın gösterişine hayran kaldı.

Kraliyet ailesi için yapılmış gibi görünüyordu.

Duvarlarda resimler, dekorasyonlar ve koleksiyon parçaları sergilendi.

Girdikleri giriş büyük bir kırmızı halıyla kaplıydı.

Büyük bir salondan geçtiler.

Catherine, "Misafir odasında biraz beklemeniz gerekiyor," dedi. "Birazdan biri seni aramaya gelecek."

Julia derin bir nefes aldı.

"Kuyu."

"İyi olacaksın. Sakin ol."

"Bana ne olacağını söyleyebilir misin?" diye sordu. "Bilseydim daha az gergin olurdum."

. Biri sizi almaya gelene kadar odada bekleyin. Maskenizi takın ve kameranızı orada bırakın. Daha sonra fotoğraf çekmek için bolca zamanınız olacak. "

Catherine kapıyı açtı ve Julia'ya odaya girmesini işaret etti.

Konuk odası, bazı ahşap mobilyalarla sadeydi.

Julia derin bir nefes aldı ve içeri girdi.

BÖLÜM 13

Ne kadar beklediğini unutmuştu.

Maskesini hiç çıkarmadı.

Julia oturmaktan ve beklemekten sıkıldıktan sonra aynanın karşısına geçti ve kendine baktı.

Maske çok güzeldi.

Elbisenin ince kumaşından onun pembe göğüs uçlarının ve vajinasının nasıl göründüğünü düşünmeden edemiyordu.

Kendini ve orada olma nedenlerini sorguladı.

Ben daha fazla düşünemeden kapı çaldı.

Tamamen çıplak, sadece altın bir maske takan bir kadın girdi.

"Beni takip et," dedi çıplak kadın usulca.

Julia odadan çıkıp koridorda onun peşinden gitti.

Daha da kararmıştı.

Işıkların çoğu kapatılmıştı ve her yönde çok sayıda mum yanıyordu.

Koridorda duran bir grup maskeli insan vardı.

Bazıları çıplaktı, bazıları takım elbise giymişti.

Hepsi maske takmıştı.

Bir daire şeklinde duruyorlardı, Catherine ortada duruyordu.

Catherine, maske dışında tamamen çıplaktı.

Julia, Catherine'in tamamen çıplak vücudunu ilk kez görüyordu.

Julia, tonlu figürüne ve büyük kahverengi meme uçları olan şehvetli kıvrımlarına hayran kaldı.

Julia, doğrudan Catherine'in önünde duran çemberin merkezine götürüldü.

Odadaki diğer maskeli konuklar sessiz kaldı.

Catherine, "Hoş geldin Julia," dedi. "Komite onu özel kulübümüze almaya karar verdi. Bu kolay bir karar olmadı ama işinin kalitesi ve sağduyusu onun girmesine izin verdi. Ancak bu kabulün şartları var, bilmek ister misiniz? bunlar?

"Evet," Julia endişeyle başını salladı.

"Grubun görmesi için önce cinsel teslimiyeti deneyimlemelisin. İkincisi, bu süreçte vücuduna on beş elbise klipsi takmalıyım. Son olarak, sonraki bir saat içinde en az iki kez orgazm olmalısın. Tüm koşullar zorunludur. Kabul edebilirsin. ya onları terk et."

Julia derin bir nefes aldı.

"Kabul ediyorum."

"Bize neden katıldığını söyle. Neden sana bu kadar acı verici ve aşağılayıcı davranışlarda bulunulmasını istiyorsun? Sen çok tatlı bir kızsın."

Julia bir an düşündü.

"Son iki aydır seanslarınızı izlemek, gözlerimi yeni bir şeye açtı. Bunun bir parçası olmaya devam etmek istiyorum."

"Bu inisiyasyondan geçmek zorunda kalsa bile mi?" diye sordu.

"Evet."

"Peki bu seni ne yapıyor?"

"Bir fahişede."

Catherine başını salladı.

"Kıyafetini çıkar. Bize güzel vücudunu göster."

Julia'nın sırtında bir ürperti vardı.

Maskelere rağmen Julia odadaki her gözün beklentiyle beklediğini hissedebiliyordu.

Transparan kıyafeti ayaklarına kadar kaydırdı ve kendini tamamen çıplak bıraktı.

Bağdaş kurma dürtüsüne direndi ve temiz traşlı kasıklarının çıplak kalmasına izin verdi.

Ayrıca küçük göğüslerini kapatma dürtüsüne direndi ve pembe göğüs uçlarının dışarı çıkmasına izin verdi.

Catherine öne çıktı ve Julia'dan sadece birkaç santim uzaktaydı.

Uzandı ve Julia'nın küçük göğsüne dokunarak elini nazikçe okşadı.

Parmağıyla pembe göğüs ucunu daire içine aldı, sonra sertçe çimdikledi.

"Ohh..." Julia nefesini tuttu.

"Seni incitiyor muyum?"

"Biraz."

"O zaman duralım mı?"

Julia, kendisine ince bir ültimatom verildiğini biliyordu.

"Hayır. Lütfen durma."

Catherine göğüs ucunu daha da sert sıktı ve Julia'nın yeniden nefesinin kesilmesine neden oldu.

"İlk başta bundan hoşlanmayabilirsin. Ama sen..."

Maskeli, çıplak bir kadın, üzerinde küçük bir yığın mandal bulunan bir yastıkla onlara yaklaştı.

Catherine klipslerden birini aldı, açtı ve Julia'nın göğüs ucuna yerleştirdi.

Yavaşça klipsin meme ucunu azar azar sıkmasına izin verdi.

Catherine meme ucunu sertçe sıkıştıran ve meme ucunun şişmesine neden olan kelepçeyi serbest bıraktı.

sessiz bir çaresizlikle , "Çok acıyor," dedi .

"Durmak istiyor musun? Koşullar pazarlık konusu değil."

"Klip ne kadar süre orada olacak?"

"Bu gece iki kez orgazm olana kadar. İstersen işleri hızlandırabilirim. Senin gibi yeni başlayanlar için daha kolay olur."

"Lütfen..."

Catherine başka bir mandal buldu ve acımasızca Julia'nın diğer meme ucuna geçirdi.

"Ahhh..." diye bağırdı Julia.

"Şimdiye kadar iki klip oldu. On üç tane kaldı."

"Onları nereye koyacaksın?" diye sordu Julia, neredeyse korkmuştu.

Catherine öne eğildi ve Julia'nın kulağına fısıldadı.

"Dudaklarına ne dersin? Orası bir kadının geleneksel yeridir. Acı çekmeyi bırakmak mı yoksa kulübümüze katılmak mı istersin?"

Geri dönüşü olmayan nokta buydu.

Julia, meme uçları ağrıyor olsa da bir anda kararını verdi.

Göğüs uçları pembe yerine koyu bir kırmızıya dönüyordu.

"Vazgeçmeyi reddediyorum."

"O zaman sırt üstü yat. Ve bacaklarını aç."

Julia halı kaplı zeminde sırt üstü yatıyordu, bacakları iki yana açılmıştı.

Kadınlığı tamamen ortaya çıktı, giyim kliplerinin acısını bekliyordu.

Catherine diz çöktü ve önündeki amcığı incelemek için acele etmedi.

Onu inceledi ve hayran kaldı.

Catherine bir elbise klipsi aldı, açtı ve Julia'nın dudaklarının sol tarafını kaldırdı.

"Bu biraz acıtabilir," diye uyardı Catherine. "Sen yetişkin bir kadınsın. O yüzden yetişkin gibi davran."

Bu uyarı sözleriyle, Catherine klibi acımasızca serbest bırakarak aniden dudaklarını sıkmasına ve Julia'nın çığlık atmasına neden oldu.

Catherine gülümsedi ve başka bir klibe uzandı, bu sefer onu nazikçe dudaklarına bıraktı.

İkinci klipsin baskısı dudakların şekil değiştirmesine neden oldu.

Catherine, Julia'nın dudaklarının sol tarafı mandallarla kaplanana kadar işleme devam etti.

"Senin kedin nasıl hissediyor?" diye sordu.

Julia başını halıya dayadı ve göğüs uçlarının ve elbise klipslerinden sıkışan dudaklarının acısıyla savaştı.

"Beni çok incitiyor".

"Bu senin insan olduğunu gösteriyor. Bu kadar uzun süre dayandığın için seninle gurur duyuyorum. Senin kabul törenin çoğundan daha zor çünkü senin mali geçmişin bizimkiyle aynı değil ve senin bir kölelik geçmişin yok."

"Anladım."

"Aferin sürtük. Zor kısım neredeyse bitti."

Catherine başka bir elbise klipsine uzandı, bu sefer onu nazikçe Julia'nın sağ dudaklarına yerleştirdi.

Julia artık geri çekilmedi ve inlemedi.

Hassas cinsel bölgelerindeki acıya çoktan alışmıştı.

Model, tüm klipler Julia'nın amında kullanılana kadar devam etti.

Bir zamanlar sevimli ve çekici olan vajina, aniden deforme olmuştu.

Dudaklar kil gibi farklı yönlerde uzanıyordu.

Catherine, Julia'nın pembe kedisinin içine baktı ve ıslak olduğunu gördü.

Catherine, "İlk orgazmına hazırsın," dedi. "Böyle değil mi?"

"Ben."

Catherine hiçbir uyarıda bulunmadan Julia'nın amına şaplak attı.

Şok, Julia'nın ender rastlanan bir acı ve zevk kombinasyonuyla haykırmasına neden oldu.

Julia'nın kedi şaplakları, Catherine'in parmak uçları vajinal sıvılarla kaplanana kadar devam etti.

"Sırılsıklamsın canım," dedi Catherine. "Bence hazırsın."

Bununla Catherine iki parmağını amına soktu ve diğer elinin parmaklarını Julia'nın klitorisiyle oynamak için kullandı.

Güçlü bir kombinasyondu.

Parmakları diğer kadınları cinsel açıdan memnun etme konusunda yetenekliydi.

Parmaklarla özel ve becerikli bir şekilde çalışılıyordu.

Julia zevkle inledi.

Onu izleyen bir grup maskeli insanı artık umursamıyordu.

O noktada tek düşünebildiği amcık ve göğüs uçlarındaki yanma hissiydi.

Parmaklar çılgınca çalışmaya devam etti.

Catherine daha yoğun bir şekilde daha hızlı ve daha hızlı gidiyordu.

Julia'nın vücudu sarsıldı.

inledi.

Catherine , Julia'nın ilk orgazmının eşiğinde olduğunu hissetti, bu yüzden ateşli amını parmaklayarak daha çok çalıştı.

Julia kıvrandı, inledi ve sırtı kamburlaştı.

Julia yüksek sesle bir çığlık attı ve parmakları kıvrıldı, ardından vücudu gevşedi.

"Bu şimdiye kadarki ilk orgazm," diye gülümsedi Catherine kedi suyuyla kaplı parmaklarına bakarak. "Şimdi iki numaralı orgazm zamanı. Ama bu biraz daha zor olacak. İstediğin zaman bırakabilirsin. Hazır mısın?"

"Evet."

Catherine parmaklarını şaklattı ve iki maskeli çıplak kadın gelip Julia'nın ellerine ve ayak bileklerine deri kayışlar doladı.

Julia'yı dizlerinin üzerine gelecek şekilde yönlendirdiler.

Julia'nın ellerine ve ayak bileklerine uzanıp yerdeki kancalara astılar.

Julia yüzüstü, tamamen bağlı ve çaresizdi.

"Son testin poponun yedi santim. Merak etme kedicik, senin için bol bol yağ kullanacağım."

Julia'nın gözleri büyüdü.

El ve ayak bileklerindeki esaret kayışları sıkıydı ve Catherine ile ilişkisini kalıcı olarak sona erdirecek olan bırakmaya karar vermedikçe gidecek hiçbir yeri yoktu.

poposunu ittiğini hissettiğinde bile pes etmeyi reddetti .

Parmaklar kalın bir yağla kaplıydı.

Parmaklar gidebildiği kadar küçük anüsünü yokladı.

Catherine pek hoş değildi.

Onun için her şey işti.

Böylece Julia maskeli yüzünü yere dayadı ve kıçına parmak girişini kabul etti.

Catherine, Julia'nın vücuduna yaslanarak, "Pek çok kez kullandığımı gördüğün penis askısını popolarımda kullanacağım," dedi. "İlk başta yavaş gideceğim ama umarım daha sonra benim hızımla devam edersiniz."

O zamanlar Julia, Catherine'in çeşitli farklı kayışları tarafından anal olarak becerilen tüm maskeli adamlarla ilgili anılara sahipti.

Julia daha önce pek çok kez boyun eğici rolde olmayı hayal etmişti.

Ama bunun gerçekten başına geleceğini hiç düşünmemişti.

Emniyet kemerinin ucu Julia'nın anüsüne sertçe bastırdı.

Catherine ellerini kullanarak Julia'nın kalçalarını ayırdı ve seks objesinin küçük deliğe girmesine izin verdi.

Nesne vücuduna girerken Julia yüksek sesle inledi.

Yavaş yavaş rektumunun içine girdi.

Ellerini sımsıkı kenetledi ve dişlerini sıktı.

Nesne kıçına doğru yavaş yolculuğuna devam ederken, nefesi kesildi ve inledi.

Catherine'in kasıkları poposuna bastırana kadar devam etti.

"Cesur kız," dedi Catherine Julia'nın kulağına. "Çoğu insan şimdiye pes ederdi. Sen değil. Neredeyse bitirdin. Bu birazdan iyi hissettirecek."

Catherine yavaşça Julia'nın rektumundan geri çekildi, ardından onu bir kez daha derinlere çekerek hafifçe itti.

Julia'nın gerginliğine göre yavaş yavaş ritmi kullanıyordu .

Her itiş Julia'yı inletiyordu.

Julia sodomize edilirken odanın etrafına baktı.

Maskeli davetliler ise sessiz kalarak programı izledi.

Onun hakkında ne düşüneceklerini merak etti.

Heyecanlanıp heyecanlanmadıklarını merak etti.

Onların da kıçına girmek isteyip istemediklerini merak etti.

Julia'nın kıçına sokma devam etti.

Acıya çok geçmeden zevk katıldı.

Meme uçları ve amcık hala elbise klipslerinden ağrıyordu.

Acı artmaya devam etti, ancak zevk de eşit veya daha fazla yoğunlukta arttı.

Anüsü yedi inçlik seks oyuncağı yüzünden hâlâ ağrıyordu ve buna tam olarak alışamamıştı.

Ama içinde büyüyen garip bir zevk vardı.

Herkesin görmesi için anal olarak becerilmek heyecan vericiydi. Sansasyoneldi.

İtmeler daha hızlı ve daha derin hale geldi.

Catherine daha az merhamet ve daha az şefkat gösterdi ve Julia'ya gerçekten kaba davranmaya başladı.

Julia'ya, Catherine'in itaatkarlarından herhangi biri gibi davranılıyordu ki bu, Julia için bir iltifattı.

Bu, Catherine'in Julia'nın anal cezayı kaldıracak kadar güçlü ve değerli olduğunu bildiği anlamına geliyordu.

"Orgazmının yaklaştığını hissedebiliyorum," dedi Catherine, iterken. "Benim için gel sevgilim. Yap ve kulübümüze katıl."

"Deniyorum," diye soludu Julia.

"Belki bu yardımcı olur kedicik."

Catherine altına uzandı ve onu sodomize ederken Julia'nın klitorisiyle oynamaya başladı.

Julia'nın cinselliği her taraftan saldırıya uğruyordu.

Göğüs uçları ağrıyordu.

Dudakları ağrıyordu.

Anüsü ve rektumu acımasızca dövülüyordu.

Şimdi hassas klitorisine masaj yapılıyordu.

"Aman Tanrım!!!" Julia inledi.

Genç kadının sırtı şiddetle büküldü, elleri ve ayakları var gücüyle kenetlendi.

Sıvılar amından çıktı ve yeri kapladı.

bir kez daha herkesin önüne çıktı .

Catherine, Julia'nın saçını okşayarak, "Tebrikler," dedi. "Artık kulübümüzün bir üyesisin."

Catherine seks oyuncağını Julia'nın poposundan yavaşça çıkardı ve ayağa kalktı.

Yerdeki Julia'yı izledi.

Julia şu anda cinsel olarak tükenmişti ve yavaş yavaş kendine geliyordu.

Diğer maskeli kadınlar, meme uçlarından ve amından kıskaçları çıkararak Julia'yı çözmeye geldi.

Julia ayağa kalktı ve odadaki diğer maskeli konuklar yeni üyelerini alkışladı.

SON SÖZ

Altı ay sonra.

Julia asansörde beklerken güzel bir elbise giymişti.

Elinde büyük sarı bir zarf tutuyordu.

Kendi katına vardığında sekreteri tanıdık bir gülümsemeyle selamladı.

Sonra Catherine'in ofisine girdi.

Banter değiş tokuş edildi ve Catherine ikisi de otururken yeni geliştirilen görüntülere bakmak için zarfı açtı.

Catherine fotoğraflara bakarak, "Kendini aştın ," dedi. "Mükemmel bir çalışma. Kamera açıları, ışıklandırma, zamanlama. Bunlar mükemmel. Kulüpteki arkadaşlarımız bunlara bayılacak."

"Teşekkürler. Umarım beğenirsiniz."

"Bu görüntülerin gizli kalması çok yazık. Bir fotoğrafçı olarak yeteneğiniz çok daha fazla insan tarafından tanınmalı."

Julia cesurca, "Senin takdirin yeterli," dedi.

Catherine gülümsedi.

"Ne tatlı bir kız."

"Sekreterin masasının üzerinde çekimi gördüm. Eminim başka bir cömert ödemedir, bunun için çok minnettarım. Ama bugün biraz daha fazlasını umuyordum... ekstra..."

Catherine eteğinin altından külotunu çıkarmak için ofisinde çömeldi.

"Çok güzel. Bir sonraki toplantıma otuz dakika var."

"Teşekkür ederim."

Julia gayri resmi olarak masaya yaklaştı.

Sabırsızlığını saklamaya çalıştı ama ikisi de Julia'nın gerçekte nasıl hissettiğini biliyordu.

Catherine bacaklarını açtı ve Julia'nın dizlerinin üzerine çöktüğünü gördü.

Sınır otuz dakikaydı, bu yüzden Julia orgazm noktasına ulaşana kadar Dominant Metresinin amını yemekle vakit kaybetmedi.

SON

69

* 9 7 9 8 2 2 3 7 5 1 2 5 0 *